Babá de Dragão
A Ilha

CB020895

Copyright do texto © 2014 by Josh Lacey
Copyright das ilustrações © 2014 by Garry Parsons

Publicado originalmente em 2014, no Reino Unido,
por Andersen Press Limited

*Grafia atualizada segundo o Acordo Ortográfico da Língua
Portuguesa de 1990, que entrou em vigor no Brasil em 2009.*

Título original
THE DRAGONSITTER'S ISLAND

Revisão
KARINA DANZA
FERNANDA UMILE

Composição
MAURICIO NISI GONÇALVES

CIP-Brasil. Catalogação na Fonte
Sindicato Nacional dos Editores de Livros, RJ

L133b
    Lacey, Josh
      Babá de dragão : a ilha / Josh Lacey ; Tradução de Ale-
xandre Boide e Claudia Affonso. — 1ª ed. — São Paulo :
Escarlate, 2017.

      Tradução de: The Dragonsitter's Island.
    ISBN: 978-85-8382-053-6

      1. Animais — Ficção infantojuvenil. 2. Ficção infantoju-
venil inglesa. I. Parsons, Garry. II. Boide, Alexandre. III. Affonso, Claudia. IV. Título.

	CDD: 028.5
17-39523	CDU: 087.5

5ª reimpressão

Todos os direitos desta edição reservados à
SDS EDITORA DE LIVROS LTDA.
Rua Bandeira Paulista, 702, cj. 71D
04532-002 — São Paulo — SP — Brasil
☎(11) 3707-3500
www.companhiadasletras.com.br/escarlate
blog.brinquebook.com.br
/brinquebook
@brinquebook

Babá de Dragão
A Ilha

Josh Lacey

Ilustrações de Garry Parsons

Tradução de Claudia Affonso e Alexandre Boide

De: Eduardo Smith-Pickle

Para: Morton Pickle

Data: Sábado, 18 de fevereiro

Assunto: Por favor, leia isto!

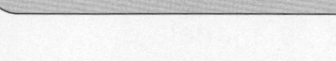 **Anexo:** Sua nova porta da frente

Querido tio Morton,

Onde está a chave da sua casa?

Nós chegamos à sua ilha hoje de manhã, mas não conseguimos entrar.

A mamãe pensou que você poderia ter deixado a chave embaixo de uma pedra ou enterrada em um vaso de flores, então, procuramos por toda parte.

Emily achou um colar de prata e eu encontrei uma moeda, mas nem sinal da chave.

Pela janela, dava para ver que os dragões estavam ficando doidos. Não sei se eles estavam felizes por nos ver ou só famintos mesmo, mas Arthur estava correndo sem parar pela casa, derrubando os móveis, e Ziggy não parava de soltar fogo.

Por sorte, o sr. McDougall ainda estava aqui. Ele falou que, com certeza, você não se importaria se quebrássemos uma janela.

Infelizmente, ele não conseguiu abrir a porta da frente por dentro, então, tivemos de jogar as malas pela janela e pular para dentro da casa.

Ziggy e Arthur estão felizes agora que demos os presentes (uma caixa grande de bolinhas de chocolate e três pacotes de miniovos de chocolate).

Eles também comeram os sanduíches que sobraram do trem e o livro que eu estava lendo. Ainda bem que não era muito bom.

Emily e eu estamos procurando a chave pela casa. A mamãe disse que, se não encontrarmos, vamos ter de voltar para casa amanhã e que os dragões podem se virar sozinhos.

Eu disse que não me importaria de pular a janela para entrar e sair depois de uma semana.

Por acaso, você levou a chave por engano? E não deixou uma reserva em algum lugar?

Com amor,

Seu sobrinho favorito,

Edu

De: Eduardo Smith-Pickle

Para: Morton Pickle

Data: Sábado, 18 de fevereiro

Assunto: Seu telefone

Anexo: *Selfie*

Querido tio Morton,

Nós não achamos a chave, mas encontrei seu celular. A mamãe ligou para deixar outra mensagem, e eu ouvi o aparelho tocar atrás do sofá. Espero que você não precise dele na Mongólia Exterior. Eu o coloquei no aparador da lareira com o colar e a moeda.

O sr. McDougall voltou para o continente com seu barco. Emily diz que é assustador sermos as únicas pessoas aqui, mas eu gosto disso.

Obrigado pelas suas instruções e pelo mapa. Emily e a mamãe levaram horas desfazendo as malas, e eu estou explorando.

Escalei o Monte do Homem Morto e caminhei por toda a orla da praia até o Ponto do Mirante.

Arthur ficou sentado no meu ombro como um papagaio. No começo, fiquei preocupado de talvez sofrer queimaduras na orelha, mas ele nunca solta fogo. Ele já tem idade suficiente para isso?

Edu

De: Eduardo Smith-Pickle

Para: Morton Pickle

Data: Sábado, 18 de fevereiro

Assunto: Latas

 Anexo: Acidente com número 2

Querido tio Morton,

Já procuramos pela casa, pelo jardim e por uma boa parte da ilha, mas ainda não encontramos a chave. Por favor, escreva de volta assim que possível e nos conte onde está.

A mamãe está seriamente decidida a ir embora amanhã. Não é só por causa da chave. Por causa dos cocôs também.

Ziggy fez um na cozinha e outro bem na frente da porta dos fundos.

Eu sei que não foi culpa dela. Ela não consegue passar pela janela e tem de se aliviar em algum lugar. Só espero que ela consiga se segurar até encontrarmos a chave.

E a mamãe também pediu para perguntar onde está o abridor de latas.

Nós compramos comida, mas não o bastante, porque você disse que seu armário estava cheio de mantimentos. Infelizmente, todos os mantimentos são enlatados.

Com certeza, eu conseguiria abri-los com uma faca, mas a mamãe não deixa, porque nós precisaríamos de um helicóptero para chegar até o hospital mais próximo.

Edu

De: Eduardo Smith-Pickle
Para: Morton Pickle
Data: Domingo, 19 de fevereiro
Assunto: Tchau
Anexo: A bandeira vermelha

Querido tio Morton,

Eu lamento muito, mas estamos indo embora da ilha.

Hoje de manhã, a mamãe encontrou outro cocô na cozinha. Ela disse que foi a gota d'água.

Eu dei a sugestão de ficar aqui sozinho, mas a mamãe disse:

— Sem chance, espertinho!

Ela já hasteou a bandeira vermelha.
Acabei de olhar pelo telescópio e vi o
sr. McDougall preparando o barco no
continente. Acho que ele chega aqui em
quinze minutos.

Dei toda a nossa comida para os dragões.
Eu também coloquei algumas latas no
chão, caso eles sejam melhores em abri-las
do que eu.

Vou pedir para o sr. McDougall vir aqui
todo dia alimentá-los até você voltar.

Edu

De: Eduardo Smith-Pickle

Para: Morton Pickle

Data: Domingo, 19 de fevereiro

Assunto: Ovelha

 Anexo: Os principais suspeitos

Querido tio Morton,

Ainda estamos aqui.

Não fomos embora. O sr. McDougall não deixou.

Ele disse que os dragões não podem ficar na ilha sem supervisão.

A mamãe perguntou por que não, e o sr. McDougall explicou que uma das ovelhas dele sumiu no meio da noite. Hoje de manhã, ele encontrou manchas de sangue na grama e uma trilha de lã boiando na água.

Não sei por que ele acha que a culpa é dos seus dragões. Arthur quase não voa, e Ziggy não consegue nem sair da casa, então eles não podem ter ido daqui até o continente sozinhos e matado uma ovelha. Mas, segundo o sr. McDougall, eles são os principais suspeitos.

Agora ele foi para casa de novo e nós estamos presos aqui sem chave e sem comida.

Edu

De: Morton Pickle

Para: Eduardo Smith-Pickle

Data: Segunda-feira, 20 de fevereiro

Assunto: Re: Ovelha

Anexos: A biblioteca; *airag* e carne ensopada

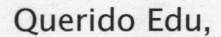

Querido Edu,

Lamento pelos problemas que vocês tiveram com a porta da frente. Eu estava certo de que tinha conversado com a sua mãe sobre a chave quando falei com ela na semana passada. Ela esqueceu nossa conversa?

O que eu disse a ela foi: se você descer até o final do jardim, vai encontrar uma estátua de pedra de um urubu-da-mata colocada sobre um arbusto. A chave está escondida embaixo da garra esquerda.

Por favor, tome muito cuidado quando for levantá-la. Aquele urubu tem um grande valor sentimental. Eu o ganhei do próprio escultor, que mora em uma pequena cabana à beira do Amazonas, e a trouxe na longa viagem de volta do Brasil enrolada em uma camisa velha.

Entrei em contato com o sr. McDougall, que está compreensivelmente chateado por causa da perda da ovelha. Garanti a ele que os dragões não podem ser os responsáveis. Ele não me pareceu muito convencido, mas tenho certeza de que logo encontrará o verdadeiro culpado.

Está tudo bem aqui em Ulan Bator. Descobri algumas informações inesperadas e fascinantes na Biblioteca Nacional, então a minha visita já valeu a pena.

O único problema é o clima. Andar nas ruas sem casaco, certamente, seria a morte, e mesmo a Sala de Leitura é tão gelada que ninguém tira o chapéu ou o cachecol.

Infelizmente, é impossível virar as páginas de um livro antigo usando luvas, então meus dedos ficam parecendo pedras de gelo no fim do dia. Toda noite, depois de sair da biblioteca, me aqueço em um restaurante com uma tigela de ensopado de iaque e um copo de uma iguaria local – uma bebida branca chamada *airag*, feita de leite de égua fermentado. É mais gostoso do que parece.

Eu sinto muito pelo abridor de latas. Você olhou na gaveta de talheres?

Com amor do seu tio querido,

Morton

De: Eduardo Smith-Pickle

Para: Morton Pickle

Data: Segunda-feira, 20 de fevereiro

Assunto: Lancha

Anexo: Mamãe e Emily

Querido tio Morton,

Nós achamos a chave!

E tomamos muito cuidado com a estátua.

A mamãe falou que, definitivamente, você não disse nada a ela a respeito na semana passada. Se não teria lembrado.

Não precisa se preocupar com o abridor de latas. Não estava na gaveta de talheres ou em qualquer outro lugar, mas o Gordon, sobrinho do sr. McDougall, deu uma corridinha até aqui esta manhã com a lancha dele e trouxe outro. E também uma caixa de bolo de aveia e um queijo ótimo.

Depois que ele foi embora, encontrei a mamãe e Emily cochichando na cozinha.

Quando perguntei o que estava acontecendo, Emily disse que elas estavam falando sobre Gordon. A mamãe o achou muito bonito.

Eu não sei se ele é bonito, mas gostei da lancha. Ele disse que vai me levar para dar uma volta ao redor da ilha para ver os papagaios-do-mar.

Com amor,

Edu

De: Eduardo Smith-Pickle
Para: Morton Pickle
Data: Terça-feira, 21 de fevereiro
Assunto: Mais ovelhas

Querido tio Morton,

Gordon esteve aqui de novo. Ele nos levou à cidade na lancha para comprar mantimentos.

Emily acha que foi um encontro.

A mamãe disse para ela não ser boba, mas ficou vermelha.

Ao que parece o sr. McDougall está furioso. Outra ovelha desapareceu ontem à noite.

Pedi para o Gordon dizer a ele que os dragões passaram a noite toda na minha cama, com a porta trancada e as janelas fechadas.

Gordon falou que eu deveria fazer o mesmo esta noite, porque o sr. McDougall está planejando ficar acordado desde o anoitecer até o amanhecer com uma garrafa térmica de chá quente e uma espingarda.

No mais, está tudo bem. Compramos um monte de comida no armazém da cidade. Os dragões estão felizes. Até a mamãe está de bom humor. Nós fomos caminhar na praia esta tarde, e ela disse que é tudo tão calmo e bonito que dá até para entender por que você mora aqui.

Edu

Querido Edu,

Tenho de admitir que fiquei preocupado com sua última mensagem. Sei, por experiência própria, que o sr. McDougall é um excelente atirador.

Naquela ocasião em particular, ele não estava mirando em mim, mas eu não ia querer atravessar seu caminho.

Por favor, mantenha os dragões sob vigilância o tempo todo. Não acredito que eles possam ser os responsáveis por atacar o rebanho, mas não gostaria de expô-los a nenhum risco desnecessário.

Espero que sua mãe tenha gostado do encontro com o Gordon. Ele não é um pouco jovem demais para ela?

Morton

Querido tio Morton,

Não precisa se preocupar com os dragões. Estou tomando conta deles.

Hoje de manhã, eu os levei para dar uma volta na praia e não os perdi de vista nem por um instante.

Contei para a mamãe o que você disse sobre o Gordon ser novo demais para ela, e ela respondeu que, na verdade, a diferença de idade é de apenas dois anos e dez meses.

Hoje ele nos levou ao Museu dos Peixes em Arbothnot. Disse que é a maior atração da região.

Eu imagino que seja muito interessante para quem gosta de peixes.

Depois, Gordon deu um tubarão de plástico para mim e um livro de adesivos com temas marinhos para Emily. Ele queria comprar um par de brincos de pérola para a mamãe, mas ela disse que eram muito caros, então, em vez disso ela ganhou um salmão defumado.

Ele vai voltar amanhã para tomar um lanche.

Emily perguntou se nós teríamos de mudar para a Escócia se eles se casassem. A mamãe deu risada e disse que a gente não precisava se preocupar com isso agora.

Com amor,

Edu

Querido tio Morton,

Os McDougall estão aqui.

Na verdade, a mamãe convidou apenas o Gordon, mas o sr. McDougall veio também.

Ele não parava de gritar e agitar os braços.

Disse que perdeu três ovelhas em uma semana. E agora quer levar os dragões e trancá-los em seu celeiro até a polícia chegar.

Eu disse que ele não podia fazer aquilo, mas o sr. McDougall respondeu:

— Não se preocupe, rapazinho, isso é perfeitamente legal.

Não sei como pode ser "perfeitamente legal" roubar os dragões de outra pessoa, mas ninguém prestou a menor atenção em mim.

Se você ler isso, por favor, telefone assim que possível.

Alguém tem de parar o sr. McDougall!

Edu

De: Eduardo Smith-Pickle

Para: Morton Pickle

Data: Quinta-feira, 23 de fevereiro

Assunto: Seu barracão

 Anexo: Os prisioneiros

Querido tio Morton,

Os McDougall foram embora.

Todos discutiram por um bom tempo, e finalmente o sr. McDougall concordou que os dragões poderiam continuar aqui se ficassem trancados.

Eles agora estão no barracão.

Arthur está arrasado. Ele fica gritando, choramingando e batendo a cabeça na porta, tentando arrombá-la.

Tentei argumentar que ele está lá para sua própria segurança, mas Arthur não deu a mínima.

A mamãe disse que ele vai se acalmar quando tiver alguma coisa para comer. Estamos abrindo algumas latas para oferecer aos dragões um jantar especial.

Espero que o sr. McDougall pegue o ladrão de ovelhas logo.

Edu

De: Eduardo Smith-Pickle
Para: Morton Pickle
Data: Sexta-feira, 24 de fevereiro
Assunto: Desaparecidos
 Anexo: O único bombeiro da ilha

Querido tio Morton,

Eu sinto muito, mas seus dragões incendiaram o barracão.

Emily e eu estávamos tomando café da manhã quando sentimos cheiro de queimado. Corremos e vimos a coisa toda em chamas.

Eu apaguei o fogo com baldes d'água, mas não sobrou muito.

Nem sinal dos dragões.

Acho que não vou conseguir reconstruir seu barracão. Eu sou péssimo trabalhando com madeira. Da última vez que fizemos isso na escola, enfiei um prego no joelho.

Mas vou encontrar seus dragões, eu prometo.

Edu

De: Eduardo Smith-Pickle

Para: Morton Pickle

Data: Sexta-feira, 24 de fevereiro

Assunto: Veja!

 Anexo: O verdadeiro ladrão de ovelhas

Querido tio Morton,

Descobri quem está comendo as ovelhas do sr. McDougall!

É o Monstro do Lago Ness.

Na verdade, eu estava procurando seus dragões. Finalmente, encontrei os dois na praia, relaxando na areia como se nada tivesse acontecido. Não pareciam nem um pouco arrependidos.

Estava prestes a dar uma boa bronca neles quando olhei para o mar e vi isso!

Vou contar ao sr. McDougall assim que eu o encontrar.

Edu

De: Morton Pickle

Para: Eduardo Smith-Pickle

Data: Sexta-feira, 24 de fevereiro

Assunto: Re: Veja!

Querido Edu,

Obrigado pela fotografia! Eu não sou um conhecedor, mas diria que é um cisne!

Não se preocupe com as ovelhas do sr. McDougall ou com quem está se alimentando delas. É muito mais importante manter os dragões em segurança. Você poderia trancá-los em casa?

É claro que você vai ter de deixá-los sair de vez em quando para esticar as asas e ir ao banheiro, mas, por favor, faça de tudo para que eles não fujam de novo.

As leis que regulamentam a criação de rebanhos são bem claras. Se o sr. McDougall pegá-los perto de suas ovelhas, tem o direito de atirar neles.

O meu trabalho aqui já está quase feito.
Na noite passada, tive a sorte de jantar
com o professor Ganbaataryn Baast, e
ele me convidou para acompanhá-lo em
uma expedição à cordilheira de Altai neste
verão, para procurar uma famosa família de
dragões. Ao que parece, eles vivem em uma
caverna enorme cheia de ouro. Nenhum
homem que já tenha ido até lá voltou para
contar a história. O professor Baast pretende
ser o primeiro – e eu o segundo!

Morton

De: Eduardo Smith-Pickle

Para: Morton Pickle

Data: Sexta-feira, 24 de fevereiro

Assunto: Mistérios famosos

Querido tio Morton,

Não é um cisne. Com certeza é o Monstro do Lago Ness. Eu tenho um livro sobre mistérios famosos em casa e o reconheci das fotos.

Eu vou procurá-lo na sua ilha.

Se conseguir uma foto melhor, posso provar ao sr. McDougall quem está realmente roubando suas ovelhas, e ele vai parar de culpar Ziggy e Arthur.

Pedi ajuda para a mamãe e para Emily, mas elas não se interessaram. Elas nem acreditam que eu tenha visto o Monstro do Lago Ness.

Na verdade, a mamãe acha que estou inventando histórias por causa do Gordon.

Depois do almoço, ela se sentou comigo para uma conversa séria. Disse que Gordon não é namorado dela, mas que ela pode ter um namorado algum dia e perguntou se eu me importaria.

Eu disse que o papai está com uma namorada diferente toda vez que nos encontramos, então quem se importa?

De qualquer forma, mesmo se estivesse chateado com a mamãe por ter arrumado um namorado, por que eu inventaria histórias sobre o Monstro do Lago Ness?

Edu

De: Eduardo Smith-Pickle

Para: Morton Pickle

Data: Sexta-feira, 24 de fevereiro

Assunto: Ness

Anexos: No seu barco; ovos; barco; papagaios-do-mar

Querido tio Morton,

Eu peguei seu barco emprestado. Espero que não se importe. Tomei muito cuidado.

Levei os dragões também. Sei que você quer que fiquem trancados, mas eles estão seguros comigo. Eu nunca os perco de vista.

Nós remamos um bocado, não havia sinal do monstro.

Eu teria remado e contornado toda a ilha, mas não queria ir para o mar aberto. Então voltei para o píer, amarrei o barco e comecei a caminhar.

E encontrei:

Um ninho de passarinho com três ovos.

Uma árvore inteira caída até a praia.

Um barco que naufragou abandonado na areia.

Uma estrela-do-mar (morta).

Seis caranguejos (ainda vivos).

Alguns papagaios-do-mar.

E milhares de gaivotas.

Infelizmente, não havia sinal do Ness.

Você conhece alguma caverna onde ele
poderia se esconder?

Edu

De: Morton Pickle

Para: Eduardo Smith-Pickle

Data: Sexta-feira, 24 de fevereiro

Assunto: Re: Ness

Querido Edu,

Por favor, não fique ofendido com o que vou dizer, mas eu não acho que você tenha visto o Monstro do Lago Ness.

Há alguns anos, fiz um estudo sobre mitos e lendas a respeito dessa criatura fabulosa. Imagino que tenha sido um dragão, ou algum parente distante de um dragão que de alguma forma teria se transformado em uma espécie aquática.

Infelizmente, descobri que não há nenhuma evidência confiável de que o monstro tenha existido. Todas as informações a respeito são, lamento dizer, obra de bêbados, loucos, impostores, vigaristas e gente que queria aparecer de alguma forma.

Eu queria que o monstro existisse, mas ele não existe. E, mesmo se existisse, ele estaria nadando no Lago Ness e não na minha ilha.

Durante os anos em que moro aí, já vi baleias, golfinhos, gaivotas e até mesmo algumas lontras-do-mar; portanto, você pode ter tido a sorte de ver um deles.

Não sei quem, ou o que, tem roubado as ovelhas do sr. McDougall, mas posso afirmar uma coisa com certeza: não é o Monstro do Lago Ness.

Morton

De: Eduardo Smith-Pickle

Para: Morton Pickle

Data: Sexta-feira, 24 de fevereiro

Assunto: Re: Re: Ness

Anexo: Prova/evidência

Se o monstro não existe, o que é isso?

Edu

De: Morton Pickle

Para: Eduardo Smith-Pickle

Data: Sexta-feira, 24 de fevereiro

Assunto: Re: Re: Re: Ness

Eu estou voltando para casa! Vou remarcar minha passagem e pegar o próximo voo!

Não se aproxime do monstro antes de eu chegar! Pode ser perigoso!

M.

De: Eduardo Smith-Pickle

Para: Morton Pickle

Data: Sábado, 25 de fevereiro

Assunto: Na praia

Anexos: Praticando voo; ataque aéreo

Querido tio Morton,

Você está certo sobre o monstro. Ele é perigoso. Na verdade, é um sanguinário.

Ele tentou comer o Arthur.

Ziggy estava deitada no sofá com Emily e a mamãe, vendo algum filme antigo. Arthur e eu não queríamos assistir, então voltamos para a praia. Eu estava usando seus binóculos para procurar o Monstro do Lago Ness e Arthur estava praticando seu voo.

Ele corria pela areia e saltava para o ar, batendo as asas e planando o maior tempo possível.

Tentei convencê-lo a voar sobre a praia, porque resgatá-lo no mar não seria muito divertido, mas ele não deu muita bola.

Em uma das vezes, ele deu uma guinada na direção errada e foi direto para o mar. Eu o chamei de volta, mas ele continuou voando para longe da praia, como se estivesse tentando se afastar de propósito da terra firme.

Arthur aterrissou aos meus pés. Vi que ele estava completamente exausto por fazer tanta força para voar. Eu o peguei no colo e voltei correndo para casa.

De agora em diante, vou seguir seu conselho. Não vou chegar nem perto do monstro antes de você voltar.

Edu

De: Morton Pickle

Para: Eduardo Smith-Pickle

Data: Sábado, 25 de fevereiro

Assunto: Re: Na praia

Querido Edu,

Escrevo do aeroporto de Ulan Bator. As pistas estão cobertas por uma grossa camada de neve e de gelo escorregadio, então o meu voo está atrasado. Provavelmente, devemos embarcar na próxima hora.

Vou trocar de avião em Moscou e em Copenhague, mas se tudo der certo chego a Edimburgo amanhã de manhã, e em casa na hora do almoço.

Fico feliz em saber que você vai ficar longe do monstro. Talvez você deva ficar dentro de casa até eu voltar.

Morton

Quando chegamos ao píer, o sr. McDougall colocou Arthur no barco, e Ziggy pulou logo atrás. Tentei subir a bordo também, mas Gordon me impediu.

O sr. McDougall saiu para o mar. Nós todos estávamos gritando sem parar – eu, Emily, a mamãe e Gordon –, mas ele nem deu bola. Simplesmente seguiu na direção da cidade.

As ondas foram ficando maiores. O barco começou a balançar. Fiquei com medo de que pudesse virar, porque Arthur se afogaria.

Eles estavam quase na metade do caminho entre a ilha e a cidade quando o monstro atacou. Veio do nada. Pôs a cabeça para fora da água, abriu a boca e avançou contra eles.

No fim, ele mergulhou entre as ondas e desapareceu em meio às bolhas.

Ziggy puxou Arthur e o sr. McDougall de volta à praia. Ela não conseguia nadar muito rápido com os dois agarrados em suas asas, mas não tinha problema. Afinal, eles estavam salvos.

O sr. McDougall não ficou feliz por ter deixado o barco para trás, mas já estava todo quebrado e quase afundando.

Quando finalmente chegaram à praia, o sr. McDougall deitou na areia por um ou dois minutos, recobrando o fôlego. Então, rolou para o lado e disse: — Eu devo desculpas a você, rapazinho.

Respondi que meu nome era Edu, e ele prometeu me chamar assim dali em diante.

Ele se desculpou com os dragões também.

Agora estamos todos na sua casa. Espero que não se importe, mas o sr. McDougall pegou umas roupas secas emprestadas.

A mamãe está fazendo chocolate quente
para todo mundo, inclusive para os
dragões.

Edu

De: Eduardo Smith-Pickle

Para: Morton Pickle

Data: Domingo, 26 de fevereiro

Assunto: Nossa última noite

 Anexos: O píer; a praia

Querido tio Morton,

Gordon recebeu sua mensagem sobre o avião e o trem. Ele vai estar à sua espera amanhã, às 9h01.

Nosso trem sai às 9h27, então temos tempo para dizer olá e nos despedir.

Já fizemos as malas e estamos prontos para partir. Estou muito triste por deixar a sua ilha, mas nossa última noite foi demais! Fizemos churrasco na praia – o sr. McDougall, os dragões, Emily e eu.

A mamãe não estava lá. Ela foi a um restaurante na cidade com o Gordon.

Dessa vez, realmente foi um encontro. A mamãe estava muito preocupada, porque

não trouxe nenhuma roupa elegante,
mas eu e Emily dissemos que não tinha
problema, porque ela estava bonita daquele
jeito mesmo.

E era verdade. Enquanto ela estava parada no
píer, esperando o Gordon vir buscá-la com a
lancha, parecia uma estrela de cinema.

De: Morton Pickle

Para: Eduardo Smith-Pickle

Data: Terça-feira, 28 de fevereiro

Assunto: Re: Nossa última noite

Anexo: Dois dragões felizes

Fiquei muito chateado por não encontrar com vocês ontem.

Meu avião atrasou de novo, e só consegui chegar à estação às 15h. Por sorte, Gordon ainda estava esperando por mim.

Ziggy e Arthur estão de ótimo humor.

Claramente, tiveram uma semana muito feliz. Obrigado por cuidar tão bem deles.

Trouxe alguns presentes da Mongólia Exterior para agradecer. Vou mandar pelo serviço de encomendas expressas.

Eu e os McDougall patrulhamos a costa ontem à noite, munidos de tochas e armas, mas o monstro não voltou. Espero que ele volte logo. Eu adoraria vê-lo com meus próprios olhos.

Como você sabe, Gordon estava louco para contar aos jornais, mas consegui convencê-lo a não fazer isso. Tenho bons motivos para não querer um bando de repórteres se aglomerando na minha ilha. E também, apesar da ferocidade, Ness merece um pouco de privacidade.

Pelo jeito, o sr. McDougall contou para todo mundo no bar, mas todos acharam que ele tinha exagerado no uísque.

Nós concordamos agora que o monstro será um segredo nosso. Eu sugiro que você faça o mesmo.

Muito obrigado pelos presentes da Mongólia
Exterior. Emily não tira mais o cachecol de
caxemira, e eu gostei de verdade do meu
chinelo. Por favor, mande o outro pé se
descobrir onde Arthur o escondeu.

A mamãe não provou o *airag* ainda. Está guardando para uma ocasião especial.

Conversei com a mamãe sobre voltar para sua ilha, e ela disse que vai pensar. Normalmente isso significa um não, mas eu acho que dessa vez pode ser um sim.

Com amor,

Edu

Repórteres dão conta de que a criatura tem cabeça pequena, pescoço longo, corpo enorme e marrom e pequenas barbatanas.

Algumas testemunhas a descreveram como algo parecido com um dinossauro, levando especialistas a questionar se alguma espécie desconhecida poderia ter sobrevivido na costa da Austrália pelos últimos sessenta milhões de anos.

Os banhistas foram alertados para ficar fora da água por toda a orla de Adelaide até que os cientistas e especialistas analisem as fotografias e as imagens do intruso desconhecido.

Ninguém ficou ferido, e a criatura permaneceu apenas por alguns minutos, levando à especulação de que poderia ser uma ilusão de óptica, um pedaço de madeira de formato estranho flutuando ou até mesmo um enorme tubarão branco coberto de algas marinhas.

Um morador local, Gav McPherson, continua perplexo: "Nós estamos acostumados com tubarões e leões-marinhos por aqui. Águas-vivas também não são problema. Mas isso é outra coisa, cara. Eu nunca vi algo assim".

A chefe de polícia, Tina O'Sullivan, afirma que seu departamento está em alerta até que todas as investigações estejam concluídas. Ela se recusa a comentar a especulação de que as aparições poderiam estar ligadas a uma série de ovelhas roubadas na região.

FSC
www.fsc.org
MISTO
Papel | Apoiando
o manejo florestal
responsável
FSC® C105484

A marca FSC® é a garantia de que a madeira utilizada na fabricação do papel deste
livro provém de florestas que foram geren-
ciadas de maneira ambientalmente corre-
ta, socialmente justa e economicamente
viável, além de outras fontes de origem
controlada.

Esta obra foi composta em Lucida Grande e impressa pela
Gráfica Bartira em ofsete sobre papel Pólen Soft da Suzano
S.A. para a Editora Escarlate em fevereiro de 2025